Analyse d'œuvre

Rédigée par Camille Fraipont

Eldorado

de Laurent Gaudé

LAURENT GAUDÉ 5

ELDORADO 7

LA VIE DE LAURENT GAUDÉ 9
Les premiers pas au théâtre
Les grands succès romanesques

RÉSUMÉ D'*ELDORADO* 12
Le destin de Salvatore Piracci
Le destin de Soleiman

L'ŒUVRE EN CONTEXTE 16
L'immigration à l'aube du XXe siècle
Migrations et droits humains

ANALYSE DES PERSONNAGES 21
Salvatore Piracci
L'inconnue du *Vittoria*
Soleiman

ANALYSES DES THÉMATIQUES 25
La recherche de l'eldorado
Deux itinéraires initiatiques
L'immigration clandestine et les frontières

STYLE ET ÉCRITURE 32
Deux récits, deux focalisations, deux incipit
Des points de concordance
Un univers symbolique et dramatique

LA RÉCEPTION D'*ELDORADO*   37

BIBLIOGRAPHIE   39

LAURENT GAUDÉ

- Né en 1972 à Paris.
- **Quelques-unes de ses œuvres :**
  - *La Mort du roi Tsongor* (2002)
  - *Le Soleil des Scorta* (2004)
  - *Danser les ombres* (2015)

Laurent Gaudé est principalement connu pour son œuvre romanesque. Cependant, c'est en s'intéressant au théâtre qu'il fait ses premiers pas d'écrivain, plus précisément avec un mémoire intitulé *Le Conflit dans le théâtre contemporain* (1998), rédigé dans le cadre de son cursus en lettres modernes. Il commence à écrire pour la scène au même moment et publie sa première pièce, *Onysos le furieux*, en 1997. De nombreuses autres œuvres théâtrales naissent ensuite de sa plume dans les années suivantes, dont *Combat de possédés* (1999), *Cendres sur les mains* (2001) ou encore *Médée Kali* (2003).

Parallèlement, Laurent Gaudé se lance dans l'écriture romanesque, avec des récits initiatiques aux décors symboliques. Son premier roman, *Cris*, paraît en 2001, mais l'écrivain n'accède à la notoriété que l'année suivante, avec *La Mort du roi Tsongor*, qui remporte un grand succès critique et obtient le prix Goncourt des lycéens. La consécration est totale en 2004, lorsqu'il remporte le prix Goncourt pour *Le Soleil des Scorta*. Ce roman, traduit dans 34 pays, est un véritable succès de librairie avec 80 000 exemplaires vendus entre la parution du livre et l'attribution du prix. Depuis, chacune de ses œuvres séduit à la fois le grand public et la critique.

Mais loin de se limiter au théâtre et au roman, Laurent Gaudé est aussi l'auteur de nouvelles, d'un beau livre avec le photographe Oan Kim (né en 1974), d'un album pour enfants et même de scénarios. Il prend un grand plaisir à explorer dans ses moindres recoins le vaste territoire de l'imaginaire et de l'écriture.

ELDORADO

- **Genre :** roman.
- **1ʳᵉ édition :** *Eldorado*, Paris, Actes Sud, 2006, 237 p.
- **Édition de référence :** *Eldorado*, Paris, J'ai lu, 2009, 220 p.
- **Personnages principaux :**
  - Salvatore Piracci, un commandant qui surveille les côtes au large de Lampedusa.
  - Soleiman, un jeune Soudanais qui quitte son pays afin de rejoindre l'Europe.
- **Thématiques principales :** l'eldorado, la recherche identitaire, l'immigration et les frontières.

Eldorado, publié en 2006, retrace, dans un style puissant, voire épique, les aventures de deux hommes aux destins inversés : tandis que Salvatore Piracci, commandant de la marine militaire italienne, quitte l'Europe pour l'Afrique, Soleiman, un jeune Soudanais, abandonne quant à lui son pays à la recherche d'un avenir meilleur sur le sol européen. Laurent Gaudé aborde ainsi une thématique on ne peut plus actuelle : le phénomène de l'immigration clandestine des Nord-Africains vers l'Italie, au moment où les flux migratoires deviennent de plus en plus difficiles à gérer pour l'Union européenne. Néanmoins, l'écrivain ne cherche pas à faire valoir un engagement politique ; il se contente de raconter des faits en présentant plusieurs points de vue et expériences.

À la lecture d'*Eldorado*, les lecteurs ne peuvent s'empêcher de s'émouvoir face à la trajectoire difficile et dangereuse des clandestins, ainsi qu'aux conditions de vie qui sont les leurs. Toutefois, l'auteur parvient aussi à faire ressentir toute la beauté de l'espérance des migrants, qui ne souhaitent rien tant que rallier un jour l'eldorado.

Il nous montre que les hommes sont beaux par les décisions qu'ils prennent et que, lorsqu'ils tiennent à leur rêve, ils sont capables de franchir des montagnes. Les frontières se révèlent alors totalement inefficaces face à la volonté humaine.

LA VIE DE LAURENT GAUDÉ

LES PREMIERS PAS AU THÉÂTRE

Né en 1972 à Paris, dans le 14ᵉ arrondissement, Laurent Gaudé vit toujours, actuellement, dans le quartier de son enfance. Il étudie les lettres modernes à l'université de Paris III, mais rate tous les concours existants dans ce domaine : celui de l'École normale supérieure et celui de l'agrégation. Néanmoins, ces échecs ne l'empêchent pas de passer sa maîtrise, puis de réaliser une année d'approfondissement qu'il clôture en 1998 avec un mémoire intitulé *Le Conflit dans le théâtre contemporain*.

Il se met à écrire pour la scène au même moment. Interviewé dans l'émission télévisée *Hep Taxi !* en 2015, il évoque ses premiers textes, notamment une pièce de théâtre envoyée au comédien et metteur en scène Hubert Gignoux (1915-2008), que celui-ci a trouvée médiocre – une appréciation que Gaudé, avec le recul, trouve tout à fait justifiée. Toutefois, le comédien lui propose une sorte de compagnonnage, lui recommandant de lui envoyer tout ce qu'il écrit. En 1997, lorsque le jeune auteur lui fait parvenir *Onysos le furieux*, Hubert Gignoux lit la pièce sur les ondes de *France Culture*, permettant ainsi à l'écrivain d'être repéré par les éditions Actes Sud. Toujours dans la même interview, Gaudé évoque également un petit texte de deux pages – sa première publication – envoyé à une revue théâtrale dont, par un heureux hasard, la lectrice était aussi éditrice de théâtre chez Actes Sud. C'est ainsi qu'il a intégré la célèbre maison d'édition, dont il n'a pas bougé depuis maintenant 15 ans.

Ainsi, ses premiers textes sont des pièces de théâtre : après *Onysos le furieux*, publié en 1997 et mis en scène pour la première fois en 2000 au Théâtre National de Strasbourg par Yannis Kokkos (né en 1944), citons également *Pluie de Cendres* (1998), *Combat de possédés*, *Cendres sur les mains*, *Le Tigre bleu de l'Euphrate* (2002), *Médée Kali*, *Sofia Douleur* (2008), *Sodome, ma douce* (2010) ou encore *Maudits les Innocents* (2014).

LES GRANDS SUCCÈS ROMANESQUES

S'il commence sa carrière d'écrivain avec des œuvres théâtrales, Gaudé s'essaye également, très vite, à l'écriture romanesque. Néanmoins, son parcours dans ce domaine n'est pas simple. Pour l'anecdote, son premier roman, envoyé à 30 éditeurs français, essuie... 30 refus ! « Essayez d'écrire et commencez à lire », voilà ce que lui conseillent les éditions Bourgois.

Finalement, Laurent Gaudé publie son premier roman, *Cris*, en 2001, aux éditions Actes Sud. L'année suivante, *La Mort du roi Tsongor* lui vaut d'être en lice pour le prix Goncourt. S'il ne l'obtient pas, il est tout de même récompensé par le prix Goncourt des Lycéens et le prix des libraires. Deux ans plus tard, en 2004, il remporte cette fois le célèbre prix Goncourt pour son roman *Le Soleil des Scorta*, ainsi que le prix du jury Jean Giono. Suivent *Eldorado* (2006), *La Porte des Enfers* (2009), *Ouragan* (2010), *Pour seul cortège* (2012) et *Danser les ombres* (2015). Alors que certains de ses romans s'inscrivent dans une veine mythologique, par exemple *La Mort du roi Tsongor* ou *La Porte des Enfers*, d'autres portent sur des thématiques ou des événements contemporains ayant particulièrement marqué l'auteur. C'est notamment le cas d'*Ouragan*, qui aborde l'ouragan Katrina ayant ravagé la Louisiane en 2005, ou de *Danser avec les ombres*, qui évoque quant à lui le tremblement de terre survenu en 2010 à Haïti.

Quel que soit le thème de ses œuvres, l'écriture est, selon Laurent Gaudé, une « projection » : il s'agit de raconter des vies que l'on n'a pas vécues soi-même. Son inspiration, outre dans les sujets d'actualité, il la puise dans la contemplation de ce qui l'entoure, ainsi que dans ses voyages. Dès son plus jeune âge, il a été amené à découvrir l'Italie, un pays qu'affectionnaient particulièrement ses parents. Adolescent, il a ensuite goûté au plaisir de voyager seul, mais il a aussi connu la difficulté, parfois, de se retrouver isolé dans un pays étranger. Le voyage est à ses yeux la seule expérience lors de laquelle on peut se permettre de n'être personne : il n'y a qu'en voyageant que l'on vit des moments d'oubli de soi-même, et ces instants s'avèrent vivifiants. Dans l'entretien de *Hep Taxi !*, l'écrivain se définit comme un homme de voyage.

Par ailleurs, Gaudé souligne, toujours dans cette émission, que les rencontres qu'il fait lors de ses aventures lui permettent de se rendre compte de la perception qu'ont les lecteurs de ses livres, et de prendre conscience qu'il existe une différence entre ce qu'il imagine et ce qu'il couche réellement sur le papier. Il est donc important, selon lui, de toujours questionner son propre texte afin de s'assurer que les différents éléments que l'on a voulu faire passer s'y retrouvent bien.

LE SÉJOUR À KAWERGOSK

Laurent Gaudé, homme de voyage, est aussi un homme de terrain qui aime aller au cœur des sujets qui le touchent, comme celui des migrants, notamment. Ainsi, en 2013, sept ans après la parution d'*Eldorado*, il passe cinq jours dans le camp de Kawergosk, dans le Nord de l'Irak, qui accueille à cette époque environ 10 000 réfugiés syriens. Sur place, il est bouleversé, tout comme son personnage, Salvatore Piracci, de voir à quel point ces hommes et ces femmes qui ont fui leur pays sont beaux et dignes malgré l'adversité. Après cette expérience, courte mais intense, l'écrivain a l'impression d'avoir gagné en maturité. Aussi cette confrontation avec les regards des immigrés l'incite-t-elle encore davantage à prêter sa voix à tous ceux qui ne peuvent se faire entendre. Son séjour à Kawergosk fait ainsi l'objet de poèmes et de textes en prose, essentiellement écrits pour être récités à haute voix :

> « Nous étions hommes forts,
> Paysans aux mains de pierre.
> Nous étions père de famille au sourire large
> Prodiguant les conseils
> Et veillant à la chaleur sur la tête de nos enfants.
> Nous étions hommes travail,
> Courageux à la peine. [...] » (*Seul le vent*, décembre 2013)

RÉSUMÉ D'*ELDORADO*

LE DESTIN DE SALVATORE PIRACCI

Commandant de la marine militaire italienne, Salvatore Piracci patrouille en mer Méditerranée à la recherche d'embarcations remplies d'immigrants : son travail consiste à les sauver de la noyade, mais aussi à les arrêter et à les renvoyer dans leur pays. Profitant d'une permission pour se balader dans les rues de Catane, en Sicile, où il vit, il remarque qu'une femme, tel un fantôme, le suit jusque chez lui. Celle-ci lui rappelle alors qu'ils se sont déjà rencontrés, lorsque Piracci et ses hommes ont intercepté le bateau sur lequel elle se trouvait, le *Vittoria*, et lui raconte son histoire. Sur cette embarcation clandestine à la dérive, nombre des passagers sont décédés, notamment le nouveau-né de la jeune femme qui, mort de soif, a été jeté par-dessus bord. Depuis, cette dernière désire se venger de l'homme d'affaires véreux qui a donné l'ordre aux passeurs d'abandonner le bateau en pleine mer. Elle demande donc une arme au commandant. Celui-ci essaie en vain de la faire changer d'avis puis, face à son inébranlable volonté, se résigne à lui donner son pistolet. La femme disparaît alors dans la nuit.

Plus tard, alors que Piracci confie son aventure à son ami Angelo, son second vient le chercher et lui annonce que des migrants ont été lâchement abandonnés dans la tempête sur des canots de fortune, au large de Lampedusa. Après le sauvetage, un des clandestins demande à Piracci de le cacher afin d'éviter la détention dans un centre provisoire puis le renvoi dans son pays d'origine. Mais le commandant refuse de lui venir en aide, une décision qu'il regrette aussitôt. Furieux contre lui-même et plein de rancœur à l'égard des passeurs, il en vient aux mains avec le capitaine du bateau clandestin. Dès cet instant, le dégoût, la colère et le doute s'emparent de lui.

De retour à Lampedusa, il se rend au cimetière, sur les tombes des premiers migrants décédés en mer. Là, il rencontre un homme qui lui explique que tous ces morts cherchaient l'eldorado.

Quelque temps plus tard, Piracci annonce à Angelo qu'il ne se présentera pas à la capitainerie, où il est convoqué sur ordre de son supérieur : à cause de l'altercation, il risque un blâme ou la mise à pied. Il décide d'abandonner cette vie qui ne lui convient plus ; il ne supporte plus les regards suppliants des migrants. À bord d'un petit bateau, délesté de ses papiers d'identité, il quitte Catane de nuit et part pour l'Afrique, effectuant le trajet inverse de celui des migrants.

Arrêté en Lybie, il est conduit par un policier corrompu chez la reine d'Al-Zuwarah, une horrible femme riche et obèse à la tête d'un réseau de passeurs. Celle-ci, très intéressée par la connaissance des côtes italiennes du commandant, tente de l'acheter. En quittant la mégère, Piracci erre dans les rues et se retrouve à la gare routière. Là, gêné par la proposition de la reine, il utilise l'argent de cette dernière pour monter dans un bus à destination de Ghardaïa, en Algérie, passage obligé des clandestins. Au bout d'un moment, désormais sans le sou, il est débarqué du car. Sur un parking, il écoute un conteur parler de Massambalo, le dieu qui protège les candidats à l'exil : si un migrant donne une offrande à ce dieu, son voyage se déroulera bien. Incrédule, Salvatore Piracci est conscient de sa solitude et pense être arrivé au bout de son chemin. Il tente alors de s'immoler, sans succès. Après son suicide manqué, il décide de se faire passer auprès des migrants pour Massambalo, leur rendant ainsi espoir, mais il est renversé par un camion peu de temps après : des perles vertes se répandent alors autour de son corps...

LE DESTIN DE SOLEIMAN

Parallèlement à l'histoire de Piracci, le roman nous livre celle de Soleiman qui, avec son frère aîné Jamal, est candidat à l'exil. Les deux Soudanais font leurs adieux à leur vie passée : sur la place de l'Indépendance, au café, ils saluent leurs amis, puis ils sillonnent en voiture les rues de leur ville, avant de quitter leur mère. Les deux frères sont désormais prêts à partir pour l'Europe.

Avec un guide, ils franchissent à pied la frontière entre le Soudan et la Lybie, mais à ce stade de leur aventure, Jamal annonce à Soleiman que ce dernier devra poursuivre sa route seul. Il souffre en effet d'un mal incurable qui l'empêche d'aller plus loin : il a attrapé « cette mort lente qui engloutit les hommes par générations entières » (p. 84), vraisemblablement le sida. « Les prostituées de Port-Soudan, lors de mes virées sur le port, m'ont coûté plus cher que je ne pensais » (p. 84), confie-t-il à son frère. L'aîné avoue avoir accompagné son cadet pour se prouver qu'il aurait pu lui aussi prétendre à l'immigration s'il avait été en bonne santé et parce qu'il souhaite que Soleiman garde de lui le souvenir d'un homme sain. Il explique à son frère qu'il a tout organisé, et lui donne l'argent et son précieux collier de perles vertes. Soleiman est alors conduit jusqu'à une route où une voiture l'attend pour l'« arrache[r] à [sa] vie » (p. 89).

Après avoir attendu ses passeurs durant deux jours à Al-Zuwarah, le jeune homme monte enfin dans un camion avec d'autres migrants. Malheureusement, après une bonne heure de voyage, les clandestins sont abandonnés sur le bord de la route et dépouillés par les passeurs menaçants. Soleiman tente de résister, mais il est roué de coups et s'évanouit. Lorsqu'il revient à lui, tous ses compagnons d'infortune ont disparu, à l'exception d'un homme, Boubakar, un boiteux qui est sur les routes de l'exil depuis sept ans. Ensemble, ils marchent vers Ghardaïa, en Algérie, avec pour objectif de rejoindre ensuite le Maroc, puis l'Espagne. Mais Soleiman a désormais perdu tout espoir.

À un moment, las de marcher, Boubakar décide de monter dans un camion et, à la grande surprise de Soleiman, paye pour eux deux. Lors d'un arrêt, le jeune Soudanais, conscient que s'ils désirent poursuivre leur chemin, il leur faut de l'argent, assomme un marchand pour le voler. À Ghardaïa, Boubakar cherche un nouveau camion pour Oujda avec l'argent dérobé, pendant que Soleiman, honteux et dégoûté de son geste, déambule dans la ville. Sur une petite place, il fait une rencontre étonnante : Massambalo, le dieu des émigrés, à qui il fait offrande du collier de son frère. Il rejoint ensuite Boubakar, rempli d'une nouvelle espérance.

Huit mois après son départ du Soudan, Soleilman arrive au Maroc, dans une forêt jouxtant les barrières de Ceuta, le poste frontière espagnol. Peu de temps après, l'arrivée de soldats marocains pousse les centaines de réfugiés se trouvant là à passer à l'assaut des barbelés de Ceuta. Ils construisent alors des échelles de fortune afin de franchir les deux grilles qui les séparent de l'Europe. Le jeune Soudanais aide Boubakar à franchir la première et, solidaires, ils se retrouvent sur le territoire espagnol.

L'ŒUVRE EN CONTEXTE

L'IMMIGRATION À L'AUBE DU XXᵉ SIÈCLE

L'évolution des flux migratoires

Laurent Gaudé dit avoir eu l'idée de son roman en lisant des articles de journaux datant de 1999-2000 concernant l'immigration :

> « J'ai des dossiers dans lesquels je conserve des articles que je découpe dans des journaux. Quand je me suis mis à travailler sur ce qui allait devenir *Eldorado*, j'ai ressorti le dossier émigration. Il contenait des articles de 1999-2000, que j'avais un peu oubliés, même si l'idée me trottait dans la tête. Il y a eu des éléments déclencheurs tels que l'histoire des bateaux affrétés du Liban par les services secrets syriens pour mettre la pression sur l'Europe. Cela m'avait frappé parce que je découvrais un peu naïvement qu'il y avait derrière tout ça des questions de géopolitique et de diplomatie indirecte. L'autre élément déclencheur fut d'apprendre que pour la mafia des Pouilles, en Italie, l'argent généré par le trafic d'immigrés est devenu supérieur à l'argent généré par le trafic de drogue. Ces chiffres m'ont beaucoup marqué. » (Interview de Laurent Gaudé par Thomas Flamerion, « Des histoires et des hommes », août 2006, in *Evene*, consulté le 03/09/2015)

Liés à la mondialisation, à la croissance démographique, aux conflits, à l'inégalité des revenus ou encore aux changements climatiques, les flux migratoires n'ont cessé de s'amplifier au cours des dernières années. Entre 2000 et 2010, le nombre total de migrants a doublé par rapport à la décennie précédente. Tandis qu'il augmentait en moyenne de 2 millions par an durant les années quatre-vingt-dix, ce chiffre est passé à 4,6 millions par an à partir des années deux mille. À cette époque, si les flux en provenance de Pologne et de Roumanie sont extrêmement dynamiques, la majeure partie des migrations proviennent d'Afrique subsaharienne (principalement de la République démocratique du Congo, suivie du Cameroun et de la Guinée) et d'Afrique du Nord (principalement le Maroc). On constate également une progression des migrations en provenance d'Asie (d'Inde, de Chine, ainsi que d'Irak, d'Afghanistan ou d'Arménie) et, à partir de 2004, l'émergence de nouveaux flux venant d'Amérique du Sud et du Brésil.

L'assaut des grillages de Ceuta et Melilla

Si Laurent Gaudé se base, au départ, sur des événements remontant à cinq ou six ans (1999-2000), le problème de l'immigration clandestine revient justement sur le devant de la scène peu après qu'il ait commencé à écrire son livre, en août 2005 : à partir de l'automne de la même année, on évoque énormément les migrants subsahariens qui essaient de franchir les grillages barbelés de Ceuta et Melilla, deux enclaves espagnoles dans le Nord du Maroc, avec pour conséquence de nombreux décès. Ces nouveaux faits, ainsi que la surveillance de plus en plus paranoïaque des frontières européennes, conforte l'écrivain dans l'idée qu'il tient la matière d'une nouvelle œuvre. Ainsi, au moment de sa parution, en 2006, *Eldorado* s'inscrit au cœur de l'actualité. D'ailleurs, c'est principalement cet aspect du roman qui marque la critique. Philippe Chevilley, journaliste et chef du service culture au journal *Les Échos*, écrit par exemple :

> « On a tous vu à la télévision ces images tragiques de clandestins émaciés et hagards, débarquant de bateaux de fortune sur les rives italiennes. Ou ces Africains désespérés partant à l'assaut de grille de Ceuta, l'enclave espagnole au Maroc. Laurent Gaudé leur donne une voix, une parole, des mots douloureux ou salvateurs. [...] *Eldorado* raconte l'odyssée de ces déçus de la Terre promise, anéantis par des passeurs criminels... et des Européens convaincus qu'ils ne peuvent accueillir toute la misère du monde et qui ferment les yeux pour ne plus savoir ce qui se joue et se meurt à leur porte. » (CHEVILLEY (Philippe), « *Eldorado* de Laurent Gaudé. Le drame des clandestins », in *Les Échos*, n° 19749, le 12 septembre 2006, p. 16)

Un sujet toujours d'actualité

Force est de constater que, depuis sa publication en 2006, *Eldorado* n'a cessé d'être d'actualité. Le phénomène migratoire n'a en effet fait que s'accentuer. Depuis 2014, les migrants viennent principalement de la corne de l'Afrique, qui s'étend de la côte sud de la mer Rouge jusqu'à la côte ouest de la mer d'Arabie : ils fuient la guerre, comme c'est le cas en Somalie, ou la dictature, par exemple en Érythrée. Mais ils sont aussi originaires des pays de l'Afrique de l'Ouest, poussés à quitter leur nation à cause de la pauvreté et des flambées de violence, comme c'est le cas, par exemple, au Nigéria ou au Mali, devenus des sanctuaires djihadistes. D'autres encore partent d'Afrique du Nord (Tunisie, Égypte et Libye) et fuient l'instabilité générée par les révolutions arabes. Enfin, la guerre qui sévit en Syrie depuis 2011 incite des centaines de milliers de Syriens à quitter le chaos de leur pays, au point qu'il s'agit, en 2015, des migrants majoritaires.

Aussi sont-ils toujours plus nombreux à se lancer sur la route de l'exil. L'agence Frontex, chargée des frontières extérieures de l'espace Schengen, estime à 340 000 le nombre de personnes qui, venues d'Afrique subsaharienne, du Pakistan, de Syrie, du Maroc et du Bangladesh, ont tenté de rejoindre l'Europe sur les sept premiers mois de l'année 2015, contre 123 500 en 2014. Cette migration massive a évidemment des conséquences sur les plans institutionnel, politique, démographique, social ou encore culturel, et soulève de nombreuses questions en matière de droits humains. C'est essentiellement cette dernière problématique que Laurent Gaudé aborde dans son œuvre, en racontant sur le mode de la fiction les conditions déplorables dans lesquelles ces hommes et ces femmes vivent leur périple.

MIGRATIONS ET DROITS HUMAINS

Aujourd'hui plus que jamais, chaque jour apporte son lot de nouvelles macabres : « 71 personnes retrouvées asphyxiées dans un camion en Autriche », « 52 personnes retrouvées noyées dans une cale de bateau », « au moins 105 personnes noyées et des centaines portées disparues dans le naufrage de plusieurs bateaux de fortune au large de la Libye », etc. Les informations de ce type ne manquent pas.

Qu'il soit terrestre ou maritime, le parcours des migrants s'avère en effet dangereux et semé d'embûches. Ces hommes et ces femmes vivent un véritable calvaire avant d'arriver sur le sol européen. Ils voyagent le plus souvent entassés dans des camions, dans le noir et sans oxygène, ou encaqués dans des bateaux surchargés ou des embarcations précaires, parfois abandonnées par les passeurs en pleine mer. En outre, les traversées sont très coûteuses puisque les organisateurs profitent du flux migratoire important pour augmenter leurs prix sans scrupule. Notons également que la corne de l'Afrique donne notamment lieu, depuis de nombreuses années, à un important trafic d'êtres humains : les passeurs kidnappent des migrants au départ de l'Érythrée, du Soudan et de la Somalie pour les déporter dans des camps de torture situés dans le désert de Libye et les échanger contre rançons. Dans *Eldorado*, Soleiman parvient à échapper à ce destin par le vol et la révolte.

Les difficultés ne se limitent cependant pas là. Arrivés aux portes de l'Union européenne, les migrants sont confrontés à des contrôles accrus aux frontières et sont même parfois arrêtés par des barrières, notamment en Hongrie. Considérés comme des hors-la-loi, ils se retrouvent dans une situation d'isolement total, sans aide ni appui. Enfin, au bout de leur périple, ils sont entassés dans des centres de fortune, mis en place par les pays d'accueil, qui manquent de tout. Selon la législation européenne, seul le pays par lequel des migrants entrent illégalement dans l'UE est tenu d'examiner leur demande d'asile. Mais face à l'afflux migratoire dans les pays littoraux – selon l'Organisation internationale pour les migrations (OIM), plus de 200 000 migrants sont arrivés en Grèce et 100 000 autres en Italie au cours des sept premiers mois de l'année 2015 –, l'Allemagne a décidé d'abandonner cette règle devenue irréalisable.

Face à ce véritable parcours du combattant, une question se pose : pourquoi les clandestins s'embarquent-ils alors qu'ils savent que le parcours sera difficile et onéreux ? Laurent Gaudé, dans son roman, nous rappelle une vérité première : tant que la misère régnera en Afrique, il sera impossible d'empêcher les hommes de la quitter pour venir réclamer une part de la prospérité occidentale.

ANALYSE DES PERSONNAGES

Dans l'œuvre de Laurent Gaudé, les personnages principaux se construisent au fur et à mesure de l'histoire. Il ne s'agit en aucun cas de protagonistes figés ; ils connaissent au contraire des transformations psychologiques importantes.

SALVATORE PIRACCI

Salvatore Piracci, âgé de 40 ans et fasciné par la mer, intègre la marine italienne à l'âge de 20 ans, à Bari, dans les Pouilles, comme simple enseigne, avant de gravir peu à peu les échelons. Devenu commandant de la frégate *Zeffiro* à 37 ans, il patrouille désormais au large de l'île de Lampedusa, porte d'entrée des migrants venus d'Afrique par la Méditerranée. Il est l'un des gardiens de « la forteresse Europe » (p. 62).

Quand il n'est pas en mission, il vit à Catane, en Sicile, où il mène une existence tranquille, rythmée de petits rituels. Séparé de sa femme depuis quatre ans, il se sent seul : « Oui, décidément il était seul. Le fils de plus personne. Ni père, ni mari. Un homme de quarante ans qui mène sa vie sans personne pour poser un regard dessus. Il allait persévérer dans l'existence, réussir ou échouer sans que nul ne hurle de joie ou ne pleure sur lui. » (p. 13) Alors qu'il était auparavant fier de porter son uniforme, Piracci supporte également de plus en plus difficilement son travail. Il n'accepte plus d'être « le mauvais œil qui traque les désespérés, [...] le visage laid de la malchance » (p. 63).

Sa rencontre avec la femme du *Vittoria* et la mission d'urgence qu'il doit conduire juste après entraînent une remise en question radicale de sa vie. Définitivement ébranlé par la misère des clandestins, il décide d'abandonner son existence pour partir en quête d'un nouveau sens à donner à sa vie et confie son projet à son ami Angelo. Ce dernier, âgé d'une soixantaine d'années, est une oreille attentive pour Piracci. Comprenant le désabusement du commandant et acceptant son départ, il lui permet de partir en toute sérénité : « Alors, il faudra que je veille sur Catane, dit-il simplement. Salvatore Piracci fut ému de cette simple phrase. Elle voulait dire qu'il pouvait tout laisser derrière lui avec sérénité. Il laissait la ville à Angelo. Il laissait sa propre vie à son ami. Lui seul penserait à lui comme il faut. » (p. 131) Piracci part alors à contre-courant du flux migratoire, à la rencontre de ces hommes qu'il côtoie depuis tant d'années, et dont il envie le courage et la volonté. Mais il comprend rapidement que l'eldorado n'est pas pour lui et, finalement accepte de devenir l'ombre du dieu des migrants, Massambalo, pour tous les clandestins, afin de leur donner la force de poursuivre leur périple. Défait de son aspect humain, il est dès lors voué à la disparition : « Les ombres du dieu des émigrés ne peuvent être vues qu'une fois, après quoi elles s'évanouissent. » (p. 219)

Enfin, notons encore que son prénom, Salvatore, signifie « sauveur » en italien, rôle qu'il incarne à la fois pour l'inconnue du *Vittoria*, pour les clandestins échoués sur les côtes italiennes, mais aussi et surtout pour Soleiman.

L'INCONNUE DU *VITTORIA*

L'inconnue du *Vittoria* qui vient demander de l'aide à Piracci est une immigrée, probablement turque, qui a vu mourir son enfant lorsque le bateau sur lequel elle avait embarqué à partir du Liban a été abandonné à la dérive par les passeurs. Piracci a déjà rencontré cette femme lors de l'interception du bateau. Malgré sa faiblesse physique et le malheur qui l'accablait, il avait remarqué qu'elle était habitée par une grande force morale. Deux ans plus tard, elle est toujours en Italie, a appris la langue du pays et subvient à ses besoins.

Calme, réfléchie, mais, surtout, obstinée, elle suit Salvatore pour lui emprunter une arme, car elle désire venger la mort de son enfant en tuant l'armateur véreux qui a affrété le bateau du malheur. En réalité, si elle tient debout depuis son arrivée sur les côtes italiennes, c'est uniquement grâce à son désir de vengeance et à sa détermination. On apprend par une lettre envoyée à Piracci plusieurs mois après leur rencontre qu'elle est au Liban et qu'elle se prépare à rejoindre Damas. Cependant, on ignore si elle parvient à ses fins.

SOLEIMAN

Soleiman est un Soudanais de 25 ans qui décide, avec son frère Jamal, de tout abandonner pour tenter sa chance en Europe. Le lecteur ne connaît que son prénom, contrairement à Salvatore Piracci. En réalité, il abandonne son patronyme en même temps que son pays : « Nous laisserons ce nom ici [...]. Là où nous irons, nous ne serons rien. » (p. 46) Volontaire et courageux, il est prêt à vivre l'existence des clandestins et des sans-papiers pour réaliser son rêve. Il a la même détermination que la femme du *Vittoria*.

Néanmoins, lorsqu'il se retrouve seul, après que son frère, malade, ait fait demi-tour, il connaît des moments de découragement, par exemple à la suite du piège des passeurs. Heureusement, Soleiman trouve un véritable ami en la personne de Boubakar, qui devient son compagnon de voyage. Âgé d'une trentaine d'années, ce dernier, boiteux, erre depuis sept ans pour tenter de rejoindre l'Europe. C'est grâce à cette magnifique force fraternelle, perdue lorsqu'il s'est séparé de son frère et retrouvée avec Boubakar, que le jeune homme parvient à poursuivre la route.

Une autre rencontre le marque également profondément : à Ghardaïa, alors qu'il est très abattu, Soleiman croise le chemin de Salvatore Piracci, en qui il voit l'incarnation du dieu Massambalo et grâce auquel il reprend espoir. Ainsi, après un long voyage de plus de huit mois, les deux amis arrivent à Ceuta, au nord du Maroc, à deux pas de l'Espagne. Avec force et courage, ils parviennent à passer la barrière haute de six mètres. Mais cet exploit n'aurait pas été possible sans la solidarité qui unit les deux hommes et à laquelle Soleiman, dont le prénom signifie d'ailleurs « parfaitement intègre » en arabe, n'a jamais renoncé malgré toutes les épreuves endurées.

À la fin de son périple, le jeune Soudanais, marqué par les épreuves et les difficultés rencontrées, se trouve grandi : « Comme j'ai vieilli, tout à coup. » (p. 191)

ANALYSES DES THÉMATIQUES

LA RECHERCHE DE L'ELDORADO

Le titre du roman de Laurent Gaudé renvoie au mythe du même nom apparu au XVIe siècle. *Eldorado* vient de l'espagnol *el dorado*, qui signifie « le doré » et fait référence à une région fabuleuse d'Amérique du Sud supposée regorger d'or. Gonzalo Fernández de Oviedo (1478-1557) raconte l'origine de cette légende dans son *Histoire générale et naturelle des Indes* (1526) : il y a fort longtemps, un roi de la région se couvrait chaque matin d'une poudre d'or, car il trouvait vulgaire de se parer d'objets travaillés avec un marteau ou un poinçon, et tous les soirs, il se lavait le corps dans une rivière. Les conquistadores, avides de richesses, entendirent un jour parler de ce rituel et partirent à la recherche de cet eldorado, anéantissant sur leur passage des peuplades et des civilisations entières, mais en vain. En réalité, la coutume de ce roi n'est pas avérée ; tout au plus sait-on que dans une tribu précolombienne, les Chibchas, une cérémonie annuelle a lieu durant laquelle le chef s'asperge d'or puis se plonge dans un lac pour se rincer.

Le mythe, très populaire, connaît plusieurs avatars, entre autres dans *Candide* (1759). Voltaire (1694-1778) y évoque lui aussi l'eldorado, qui devient sous sa plume une contrée utopique dont rêve tout Français hostile à la royauté de droit divin. L'eldorado apparaît, de manière plus générale, comme un monde parfait et féérique ou un régime politique idéal gouverné par un peuple heureux.

Dans l'œuvre de Gaudé, il est différent en fonction des personnages :

- pour Soleiman et les émigrés, l'eldorado, c'est l'Europe, un continent riche et prospère où il fait apparemment bon vivre : « Tout sera doux là-bas. Et la vie passera comme une caresse. » (p. 111)

Plus concrètement, l'eldorado représente la possibilité de trouver un travail et d'avoir des conditions de vie décentes. Cet aspect du mythe est fortement ancré chez les migrants, et Piracci rencontre à chacune de ses missions des hommes et des femmes dont l'espoir est si puissant que ceux-ci ne le croient pas quand il cherche à les dissuader d'aller plus loin et n'hésitent pas à poursuivre leur voyage au péril de leur vie ;

- pour Piracci, usé par des années de combat avec et contre les émigrés, l'eldorado prend une forme plus abstraite et incarne la perspective d'un avenir meilleur – en ce sens, il y a donc un eldorado pour chacun, comme le lui explique l'homme du cimetière. Il s'agit de ce qui lui donne l'envie de poursuivre sa route et la volonté de se battre en vue d'un mieux-être et d'une sérénité qu'il ne connaît pas.

DEUX ITINÉRAIRES INITIATIQUES

Le parcours dangereux, difficile et laborieux que les deux protagonistes entreprennent à la recherche de leur idéal est également le lieu, pour chacun d'eux, d'une initiation qui les révèle à eux-mêmes et les transforme. Dès lors, *Eldorado* appartient au genre du récit initiatique ou d'apprentissage. Né au XIXe siècle, ce type de roman met en scène l'évolution d'un héros, le plus souvent jeune, qui acquiert, au fur et à mesure des expériences et des épreuves, une certaine maturité.

Si, au terme de leur périple, chacun des protagonistes se voit transformé, seul Soleiman vit une véritable initiation positive et formatrice. Piracci, certes, prend conscience de nombreuses choses, mais son histoire est plutôt celle d'une lente chute dont l'issue s'avère fatale.

Soleiman : un parcours du combattant

Bien que Soleiman souhaite ardemment rejoindre l'Europe, il ne quitte pas son pays sans peine et vit ses premières désillusions dès le début de son périple, lorsque son frère le laisse poursuivre seul. Il prend alors conscience de tous les sacrifices qu'il devra concéder : « J'ai laissé mon frère derrière moi comme une chaussure que l'on perd dans la course. Aucune frontière ne vous laisse passer sereinement. Elles blessent toutes. » (p. 91) Le fait qu'il soit trompé et dépouillé par les passeurs lui fait ensuite toucher le fond. À ce stade de son parcours, Soleiman ne croit plus en la bonté des hommes : « Je suis Soleiman, le misérable frère de Jamal. Celui qui gît sur la grève sans bateau. Celui qui saigne et qui va être laissé là, comme mort, avec pour seule richesse sa rage et sa douleur. » (p. 119) Lâchement abandonné à son sort, il est bouleversé, abattu et sans ressource.

C'est alors qu'il fait la rencontre déterminante de Boubakar qui, dans ce monde hostile, semble providentielle. Soleiman accepte de poursuivre son chemin avec ce dernier, mais il ne se fait pas d'illusions : « Je me tourne vers Boubakar et je lui dis "oui". Ce n'est ni une victoire, ni la naissance d'un nouvel appétit. Je suis vide et brisé. » (p. 123) Son voyage en compagnie du boiteux lui donne l'occasion d'analyser les autres migrants, qu'il compare à des lézards ou à des grosses bêtes, comme s'ils étaient déshumanisés. Lui-même établit un lien entre son état et la nature animale : « J'ai volé. Je serre les billets froissés entre mes doigts. Je suis une bête qui fait mordre la poussière à ceux qu'elle croise. Je suis une bête charognarde qui sait sentir l'odeur de l'argent comme celle d'une carcasse faisandée. » (p. 146) Accablé par ce qu'il est contraint de faire pour survivre, il ne se reconnaît plus : « Le dégoût s'empare de moi. Je suis laid. » (p. 149)

Un jour, il pense voir l'ombre de Massambalo, le dieu des migrants, dans la personne de Piracci. Cette rencontre est un véritable déclencheur pour Soleiman qui reprend instantanément force et espoir : « [...] je me sens maintenant la force de mordre et de courir. Celle de résister à l'usure et au désespoir. Plus rien ne viendra à bout de moi. Je peux bien crever sur le bord de la route, je crèverai en chemin. Parce que je veux aller jusqu'au bout. Obstinément. » (p. 154) Le jeune

Soudanais est dès lors complètement métamorphosé et, désormais, rien ne l'arrêtera plus. Au bout du chemin, grandi par toutes les épreuves endurées, il finit par rejoindre son eldorado.

Piracci : une lente chute

De son côté, Piracci récupère les migrants en mer depuis 20 ans et obéit aux ordres sans se poser de questions. Toutefois, la rencontre de la femme du *Vittoria* et l'histoire tragique de cette dernière l'ébranlent profondément : « Il connaissait ces histoires de mort lente, de rêve brisé. Pourtant le récit de cette femme le bouleversa. » (p. 29) D'abord choqué par la demande de cette inconnue qui lui réclame une arme pour venger son enfant mort, il consent finalement à lui donner ce qu'elle souhaite. Il se sent alors à la fois serein et démuni : « Salvatore Piracci resta dans son appartement, incrédule. Il venait de donner son arme à une inconnue – et loin d'en être terrifié, il éprouvait un étrange et inquiétant soulagement. » (p. 40) Il prend subitement conscience du dégoût qu'il éprouve pour la vie qu'il mène, du manque de sens de son existence et de son désir de connaître autre chose. En somme, il souhaite être quelqu'un d'autre. Une urgence en mer et un pugilat avec un passeur achèvent de le transformer.

Alors qu'il erre dans la ville de Lampedusa, Salvatore arrive au cimetière. Là, devant les tombes des premiers migrants morts en mer, il rencontre un homme qui évoque devant lui « le cimetière de l'eldorado » : « L'herbe sera grasse dit-il, et les arbres chargés de fruits. De l'or coulera au fond des ruisseaux, et des carrières de diamants à ciel ouvert réverbéreront les rayons du soleil. Les forêts frémiront de gibier et les lacs seront poissonneux. Tout sera doux là-bas. Et la vie passera comme une caresse. » (p. 111) Ce commentaire renvoie incontestablement au paradis terrestre. C'est la première fois que le terme *eldorado* est cité dans le roman, et il marque profondément le commandant : « Il sut, à cet instant, que ce nom lointain allait régner sur chacune de ses nuits. » (p. 112) Abandonnant son ancienne vie, Piracci, qui n'a pas de plan précis en tête, décide de faire le trajet inverse des migrants, dans l'espoir que ce voyage lui permettra d'être en adéquation avec lui-même et avec ses valeurs. Mais tout comme celui de Soleiman, son périple n'est pas sans peine : il est arrêté par la police et se voit proposer un horrible marché par la reine d'Al-Zuwarah. Là, il repense à l'émigrée du *Vittoria* et ressent à nouveau un profond dégoût de lui-même, auquel s'ajoute même un malaise physique.

Lorsqu'il entend la légende de Massambalo, il se rend compte que lui, contrairement aux autochtones, ne croit en rien et prend conscience que l'eldorado n'est pas pour lui. Il touche alors le fond. Mais la rencontre de Soleiman, qui le prend pour l'ombre de Massambalo, lui permet, de manière inespérée, d'enfin trouver sa place : « Face à ce jeune homme, il comprenait que l'Eldorado existait pour les autres et qu'il était en son pouvoir de faire en sorte qu'ils ne doutent pas de leur chance. [...] La fièvre de l'Eldorado, c'est cela qu'il pouvait transmettre. [...] Seul comptait pour lui qu'il avait trouvé ce qu'il ferait désormais. Un calme profond l'habitait. » (p. 214-216) Malheureusement, un accident met un terme précoce à cette décision. Pendant son agonie, il s'imagine parler à tous ces clandestins et comprend qu'il s'est racheté.

L'IMMIGRATION CLANDESTINE ET LES FRONTIÈRES

Dans son roman, Laurent Gaudé a le souci d'exposer les différents points de vue au sujet des migrants et de mettre en évidence leur situation difficile. Pour cela, il met en scène différents personnages, qui incarnent chacun une facette spécifique de la migration.

Piracci, tout d'abord, reflète, au début du roman, la position des Européens, qu'il explique d'ailleurs très clairement : « Ils [les instructeurs à l'école de commandement] nous disaient que nous étions là pour garder les portes de la citadelle. Vous êtes la muraille de l'Europe. [...] Vous ne devez pas vous laisser submerger. Il faut tenir. Ils sont toujours plus nombreux et la forteresse Europe a besoin de vous. » (p. 62) Il s'agit donc, coûte que coûte, de défendre l'Europe de l'assaut sans cesse croissant de migrants. Mais peu à peu, comme on l'a vu, ses rencontres l'amènent à remettre son rôle en question. Aussi décrit-il une réalité incertaine dans laquelle le malheur est constamment présent et commun à tous : « Toujours ces foules hagardes de fatigue qui n'ont ni joie ni terreur lorsqu'on les intercepte. Des hommes sans sacs. Ni argent. Au regard grand ouvert sur la nuit et qui ont soif, au plus profond d'eux-mêmes, de terre ferme. » (p. 22)

À l'opposé, on trouve Soleiman, qui incarne quant à lui le point de vue de ceux qui partent. Pour eux, il s'agit non seulement d'abandonner leur pays, mais aussi leur nom, leur culture et leurs racines : « Nous allons laisser derrière nous la tombe de nos ancêtres. Nous allons laisser notre nom, ce beau nom qui fait que nous sommes ici des gens que l'on respecte. [...] Là on nous irons, nous ne serons rien. Des pauvres. Sans histoire. Sans argent. » (p. 44)

Si le périple de Soleiman témoigne en outre des conditions déplorables dans lesquelles les migrants effectuent le voyage, celles-ci sont également abordées par le biais du récit de la rescapée du *Vittoria*, dont l'embarcation a été lâchement abandonnée en pleine mer. Celle-ci apporte par ailleurs un point de vue supplémentaire, lorsqu'elle explique que le trafic d'immigrants, s'il apparaît comme un commerce très lucratif pour les passeurs véreux, est aussi un combat politique : « [...] l'Europe hausse le ton contre la mainmise politique de la Syrie sur le Liban, en réponse Damas affrète un navire de crève-la-faim qu'il lance à l'assaut de la forteresse européenne. On pourra presque appeler cela du langage diplomatique. C'est cela que disait le *Vittoria* aux autorités européennes : Laissez-nous tranquille ou nous nous faisons fort de vous envoyer un *Vittoria* par semaine. » (p. 33)

Enfin, notons encore que dans ces deux récits de migration croisée, le champ lexical des barrières et des frontières est récurrent : « muraille », « citadelle », « forteresse », « barbelés », etc. Mais face à la détermination des clandestins, ces barrières et ces frontières ne sont que peu de choses. Toutefois, leur franchissement a un prix : la mort de son enfant pour l'inconnue du *Vittoria*, l'abandon de tout ce qu'a été sa vie avant d'entamer son périple pour Soleiman. Et tandis que ce dernier réussit à franchir la barrière de Ceuta, Piracci, lui, franchit, dans un effacement progressif, la dernière frontière, celle de la mort.

STYLE ET ÉCRITURE

DEUX RÉCITS, DEUX FOCALISATIONS, DEUX INCIPIT

Le roman de Laurent Gaudé réclame au lecteur une participation active dans la construction du fil narratif et de sa signification. Et pour cause, puisqu'*Eldorado* nous livre deux récits distincts en alternance : tandis que les chapitres impairs retracent le destin de Salvatore Piracci, les chapitres pairs abordent le périple de Soleiman. La première histoire est racontée à la troisième personne du singulier par un narrateur omniscient - les pensées et les impressions de Piraccci n'ont ainsi aucun secret pour le lecteur. Inversement, le périple de Soleiman est rapporté à la première personne du singulier, par le narrateur-personnage lui-même, qui dévoile directement sa propre perception des événements, ses sentiments et ses réflexions. Le recours à deux points de vue narratifs distincts renvoie à la multiplicité et à la diversité de la réalité.

Le lecteur plonge ainsi dans deux mondes différents, et ce dès l'incipit, ou plutôt, dès les deux incipit.

Premier incipit : le port de Catane

Les toutes premières pages du roman, dont le temps dominant est l'imparfait, décrivent avec un grand réalisme le port de Catane, un jour de marché, à grand renfort de détails olfactifs, visuels et auditifs : « À Catane, en ce jour, le pavé des ruelles du quartier du Duomo sentait la poiscaille », « L'air du matin enveloppait les hommes d'un parfum de mer » (p. 11), etc. Cette description sert de toile de fond à l'arrivée de Salvatore Piracci, et c'est d'ailleurs avec son œil que nous percevons les choses. Il s'agit donc d'un tableau subjectif : pour preuve, le personnage insiste sur la mort (« poissons disposés sur la glace yeux morts et ventre ouvert », p. 12) et compare la profusion « joyeuse » de nourriture à « une macabre exposition » (p. 12). Enfin, notons encore que cet incipit insiste tout particulièrement sur la solitude du commandant au milieu de la foule bruyante : « Il retrouvait avec joie les bruits du peuple de la rue mais au cœur de cette foule compacte sa solitude devenait plus oppressante qu'à l'ordinaire. » (p. 13)

Toutefois, au réalisme de ce premier chapitre se mêle une dimension fantastique et légendaire, perceptible notamment à travers la présentation de la mer comme un être vivant, redoutable et pourvu d'une volonté propre : « C'était comme si les eaux avaient glissé de nuit dans les ruelles, laissant au petit matin les poissons en offrande [...], mais il ne fallait pas risquer de mécontenter la mer en méprisant ses cadeaux. » (p. 11)

Second incipit : l'heure des adieux

Le second incipit débute *in media res*, au deuxième chapitre, par un monologue intérieur au présent de l'indicatif et à la première personne du singulier. Le narrateur-personnage, Soleiman, est en train de faire ses adieux à sa ville et évoque son départ imminent et définitif : « Je suis avec mon frère Jamal [...]. J'ai doucement mal de ce pays que je vais quitter. [...] Nous ne reviendrons plus jamais. » (p. 43-44) Il nous livre les pensées et les sentiments qui l'habitent en cette heure décisive : quitter sa ville et sa famille est difficile, mais cependant nécessaire. Bien qu'il s'inquiète de son avenir, il est cependant rassuré de savoir que son frère sera toujours à ses côtés. En outre, il manifeste déjà une sorte de nostalgie lorsqu'il mange des dattes qu'il vient d'acheter : « Dans deux ans, dis-je, dans dix ans, dans trente ans, Jamal, lorsque nous voudrons en être imprégnés, qui sait si nous ne mangerons pas des dattes ? Pour nous, elles auront toujours le goût d'ici. » (p. 47)

Tout comme le premier, ce second incipit est lui aussi d'un grand réalisme : les deux frères sont dans le café où ils retrouvent quotidiennement leurs amis, sur la place de l'Indépendance, décrite par Soleiman comme encombrée de voitures, de nombreux passants et sur laquelle poussent des orangers. Toutefois, malgré ces quelques détails qui contribuent à ancrer le récit dans le réel, le lecteur ignore dans quelle ville les deux frères se trouvent. S'agirait-il de Port-Soudan, une ville mentionnée par Jamal un peu plus loin dans le récit ?

DES POINTS DE CONCORDANCE

Si *Eldorado* relate deux histoires distinctes, celles-ci se croisent pourtant à un moment du récit lorsque les deux personnages principaux se rencontrent à Ghardaïa. Cette entrevue n'a cependant pas lieu au même moment dans le parcours des deux protagonistes : elle a lieu plus tôt dans le récit du Soudanais que dans celui du commandant. Ainsi ne constitue-t-elle, pour Soleiman, qu'une étape, certes nécessaire, dans son parcours, tandis qu'elle représente, pour Piracci, la fin du voyage.

Les points communs entre les deux récits sont par ailleurs nombreux. Dans les deux cas, c'est une histoire de mouvements, de séparations et de rencontres. Les deux protagonistes entament un parcours en sens inverse qui les amène à traverser plusieurs lieux : de Sicile en Afrique pour Piracci et d'Afrique en Espagne pour Soleiman.

Dans les deux histoires, les indices temporels semblent également plutôt indéfinis, car les personnages savent que le chemin est long pour accéder à leur quête. Piracci exprime souvent ses doutes sur le temps qui passe : « Combien de temps s'était-il écoulé depuis son départ de Catane ? Salvatore Piracci aurait été incapable de le dire. [...] Il avait laissé les changements s'opérer en lui et c'était là son seul outil pour appréhender les temps écoulés. En ce sens, il n'était pas absurde d'affirmer qu'un siècle avait passé. » (p. 158) Le temps perd également de sa précision pour Soleiman. Les épreuves qu'il traverse entament douloureusement sa jeunesse, lui laissant croire qu'il vieillit tout à coup : « Comme j'ai vieilli, tout à coup. Il n'y a plus de joie et le monde me semble laid. La solitude prend possession de moi. Je vais devoir apprendre à la laisser m'envahir. » (p. 191) Tout au plus sait-on que la traversée du Soudanais a duré au moins huit mois : « Qui sait si j'aurais tenu sept ans, moi, alors qu'au bout de huit mois je me sens déjà épuisé. » (p. 175)

UN UNIVERS SYMBOLIQUE ET DRAMATIQUE

Eldorado est un récit réaliste, comme l'analyse des deux incipit l'a démontré. Toutefois, l'œuvre présente également une forte dimension symbolique, voire mythique, mais également dramatique.

La première est liée, notamment, à certains lieux au fort pouvoir évocateur. Ainsi, le cimetière de Lampedusa symbolise, pour Piracci, la fin d'une vie, tandis que l'Europe incarne, pour Soleiman et tous les migrants, la richesse et la promesse d'un monde meilleur. De même, plusieurs personnages, mystérieux ou fantasmagoriques, ont une fonction clairement symbolique : le boiteux, la femme du *Vittoria*, l'inconnu du cimetière de Lampedusa, la reine obèse d'Al Zuwarah ou encore Massambalo. Comparables à des fantômes ou à des oracles, ils marquent l'un ou l'autre des héros à un moment-clé de leur quête, leur permettant de poursuivre leur parcours. Certains d'entre eux apparaissent même, en quelque sorte, comme des passeurs de frontières symboliques – ils sont comparables, en ce sens, aux passeurs qui, dans la mythologie, aident les hommes à passer du monde des vivants à celui des morts. C'est le cas de Jamal et Boubakar pour le jeune Soudanais : tandis que le premier lui permet de franchir la frontière libyenne, le second l'aide quant à lui à franchir la frontière espagnole. Salvatore reçoit lui aussi l'aide de plusieurs personnages de ce type : la femme du *Vittoria*, l'inconnu du cimetière et l'inconnu du parking (Soleiman). Alors que les « passeurs » de Soleiman sont nommés et entretiennent des liens affectifs avec lui, ceux de Piracci sont des êtres déshumanisés, sans nom, qui ne font que passer dans l'univers du commandant et indiquent une nouvelle étape de sa lente chute.

La dimension dramatique de l'œuvre se manifeste pour sa part à travers la présence de caractéristiques propres à la tragédie – rappelons que Laurent Gaudé est également un dramaturge. Tout d'abord, le roman suscite, tout comme le genre tragique, passion et pitié chez les lecteurs. La vie du commandant Piracci ressemble à celle d'un héros de tragédie qui ne trouve son salut que dans la mort. Ensuite, la mort, thème majeur des grandes pièces tragiques, est omniprésente : celle de l'enfant de l'inconnue du *Vittoria*, celle annoncée de Jamal et, bien sûr, celle de tous ces migrants décédés au cours de leur traversée. Le thème de la vengeance, également très présent dans les tragédies, se manifeste à travers la femme du *Vittoria*, qui souhaite tuer l'assassin de son enfant. Enfin, *Eldorado* met en scène des personnages se battant contre des puissances qui les dépassent, telles que le hasard et le destin, et dont les rencontres font basculer leurs vies.

LA RÉCEPTION D'*ELDORADO*

Eldorado étant un roman très récent, il n'existe que peu de documentation à son sujet. Les seules sources disponibles relèvent de la réception immédiate. De fait, plusieurs comptes rendus lui ont été consacrés et, bien qu'ils ne constituent pas de véritables analyses, ils proposent néanmoins certaines observations pertinentes quant aux personnages et aux problématiques traitées dans le roman.

Si *Eldorado* a été moins complimenté que *Le Soleil des Scorta*, de manière générale, il a néanmoins reçu un accueil favorable de la part de la critique, tant en France qu'à l'étranger. Son sujet réaliste et contemporain, qui le distingue des œuvres précédentes de Gaudé, a notamment suscité de nombreux de commentaires. À titre d'exemple, Anne Berthod remarque que « Laurent Gaudé confronte, pour la première fois, son écriture romanesque au monde contemporain. » (BERTHOD (Anne), « Âmes à la mer », in *L'Express*, n° 2879, le 7 septembre 2006, p. 134). De même, Philippe Chevilley explique qu'*Eldorado* « met en scène comme un opéra nos hontes contemporaines » (CHEVILLEY (Philippe), « Eldorado de Laurent Gaudé. Le drame des clandestins », in *Les Échos*, n° 19749, le 12 septembre 2006, p. 16). Quant aux lecteurs, ils ont immédiatement été conquis et le livre de Gaudé a rencontré un tel succès qu'il a été traduit en 13 langues.

Comme le mentionne Jean-Claude Perrier, *Eldorado* n'est certes pas un roman engagé, mais il aborde « les grands problèmes qui se posent au monde moderne : en l'occurrence, celui de l'immigration massive des Africains vers une Europe qui ne sait ni les accueillir ni les refouler, qui n'est en tout cas plus cet Eldorado dont leurs pères, au pays, les ont fait rêver » (PERRIER (Jean-Claude), « Afrique, adieu », in *Le Figaro littéraire*, n° 19320, le 14 septembre 2006, p. 4).

En ce sens, rapidement, l'œuvre de Gaudé s'est immiscée dans les classes de français, les enseignants voyant là l'occasion d'aborder avec leurs élèves un sujet grave et interpellant dont on entend parler quotidiennement dans les médias et au sujet duquel il est parfois difficile de démêler le vrai du faux. *Eldorado* permet par ailleurs de donner aux immigrés anonymes un visage, une identité et une humanité. Mais l'ouvrage est aussi un roman formateur par ses qualités littéraires : son appartenance au genre du récit initiatique, ses personnages complexes, sa double narration, son registre dramatique, ses résonances mythologiques, etc. Il est donc d'une grande richesse, à la fois sur le plan thématique et sur le plan strictement littéraire.

BIBLIOGRAPHIE

SOURCES BIBLIOGRAPHIQUES

- « 230 millions de migrants dans le monde, des flux qui ne cessent d'augmenter », in *Le Monde.fr*, consulté le 20 octobre 2015. http://www.lemonde.fr/planete/article/2014/05/29/230-millions-de-migrants-dans-le-monde-des-flux-qui-ne-cessent-d-augmenter_4428870_3244.html#
- BERTHOD (Anne), « Âmes à la mer », in *L'Express*, n° 2879, le 7 septembre 2006, p. 134.
- CHEVILLEY (Philippe), « *Eldorado* de Laurent Gaudé. Le drame des clandestins », in *Les Échos*, n° 19749, le 12 septembre 2006, p. 16.
- « Crise des migrants : les drames se succèdent, sans réponse politique commune », in *Le Monde.fr*, consulté le 20 octobre 2015. http://www.lemonde.fr/europe/article/2015/08/28/crise-des-migrants-les-drames-se-succedent-sans-reponse-politique-commune_4739501_3214.html
- FLAMERION (Thomas), « Des histoires et des hommes », in *Evene.fr*, consulté le 03 septembre 2015. http://www.evene.fr/livres/actualite/laurent-gaude-interview-eldorado-soleil-scorta-430.php
- GAUDÉ (Laurent), *Eldorado*, Paris, J'ai lu, 2009.
- PERRIER (Jean-Claude), « Afrique, adieu », dans *Le Figaro littéraire*, n° 19320, le 14 septembre 2006, p. 4.
- REGNIER (Thomas), « Rencontre avec Laurent Gaudé », in *Parutions.com*, consulté le 28 août 2015. http://www.parutions.com/pages/1-1-141-3282.html

SOURCES COMPLÉMENTAIRES

- Interview de Laurent Gaudé, « Mot pour Mot », *Arte Reportage*, le 25 octobre 2014.
- Interview de Laurent Gaudé dans l'émission *Hep Taxi !*, RTBF, le 1er mars 2015.

Analyse d'œuvre
Si c'est
un homme
de Primo Levi
Profil
Littéraire

Éditeur responsable : Lemaitre Publishing
Avenue de la Couronne 382 | B-1050 Bruxelles
info@lemaitre-editions.com

ISBN ebook : 978-2-8062-6611-8
ISBN papier : 978-2-8062-7176-1
Dépôt légal : D/2015/12603/526
Couverture : © Lisiane Detaille